Ob Niam Txiv Noog Tseev

The Bird Couple

Retold by Sai Yang Vang
Illustrated by Kannha Sikounnavong

Puag taud, muaj ob niam txiv nyob rau ib lub zos me me. Nkawd lub neej ntxawv luag lwm tus. Nkawd tsis sib haum xeeb. Nkawd niaj hnub sib ceg tsis muaj hnub zoo.

Zej zog tuaj pab hais los hais tsis tau. Tej kev txwj neeg laus hauv zos tuaj los yeej hais tsis tau kom nkawd txhob sib ceg li.

Once upon a time, there was a husband and wife who lived in a small village. Their life was different from others. They did not get along and argued constantly.

The villagers tried to help, but they could not. Even the elders of the village could not stop them from arguing.

Thaum kawg, zej zog thiaj tau coj nkawd mus cuag Saub. Suab yog ib tug txawj ntse thiab muaj hwjchim. Saub hais kom nkawd rov mus tsev, ib leeg ua siab ntsev rau ib leeg es nyob sib haumxeeb. Nkawd tsis kam, nkawd nyia khav nyias zoo xwb. Saub saib nkawd yuav tsis tsum qhov nkawd sib ceg. Saub thiaj kom nkawd nrog saub nyob cia saub mam ntsia seb yog tim tus twg.

Finally, the elders sent them to see Shao, a wise man who had great knowledge and power.

Shao told them to go home and be patient with each other and get along. They refused and each claimed they were the good one. Seeing that they would not stop arguing, Shao decided to keep them with him so he could observe them.

Nkawd nrog saub nyob. Saub qhia nkawd ntau yam zoo. Ib hnub dhau ib hnub, Saub muab nkawd nyias mus ua nyias hauj lwm ib qho. Saub mam ntsia seb yog tim leej twg. Saub cia siab tias nkawd yuav hloov.

They stayed with Shao and he taught them many good things. Day after day Shao sent them to do chores separately to see for himself who was at fault. He was hopeful that they would change.

Txawm tias nkawd sib cais nyias mus ua ny-
ias hauj lwm ib qho los ntev hnub zuj zus nkawd haj
yam sib ceg heev dua qub. Tseem phem dua thaum
nkawd nyuam qhuav tuaj lawm thiab. Saub chim
heev, Saub xav tias zaum no ces tsuas muaj ib txoj
kev hloov nkawd lawm xwb.

Even though they did their chores separately,
they continue to argue daily. It was even worst than
when they had first come to Shao. Shao was very
angry and decided that there was only one thing left
to do.

Hnub tom qab, Saub muab nkawv txia mus uas ob niam txiv noog teeev kom nkawd txhob nco qab yav tas los. Ua li no ntshe nkawd thiaj yuav nyob sib haum xeeb thiab kajsiab hlug mus tas nkawd lub neej. Qhov no tsua yog tib txoj kev uas Saub ua tau rau nkawd xwb.

The next day, Shao turned them into two birds, so they would not remember their past. This way they would get along and live happily for the rest of their lives. This was the only thing Shao could do for them.

Saub xa nkawd mus nyob puag tim ib lub roob nqeeb zoo zoo nkauj. Shao foom koob hmoov rau nkawd kom mus ua lub neeg zoo vim nkawd lub neej yav tas muaj kev nyuaj siab ntxov plawv ntau yam. Zaum no nkawd tsis nco qab lub neej yav tas. Nkawd nyob zoo siab hlo thiab kaj siab lug puag tim roob nqeeb.

Shao sent them far away to a beautiful grassy mountain. He blessed them to have a good life since their past life was hard.

Now they have forgotten their past and lived happily together in the grassy mountain.

Tau tsis ntev, nkawd txawm muaj plaub tug minyuam. Tus maum noog niaj hnub nyob hauv lub zes zov cov minyuam hos tus txiv noog mus nrhiav kab los rau lawv noj.

Before long, they had four chicks. Every day the wife would stay in the nest and watch their chicks, while the husband went out to find food for them.

Txhua txhua hnub, leej niad qhia cov mi nyuad quaj seev thiab kom txawj sib hlub. Txhua thxua hnub leej txiv mus nqa tej kab qab qab los pub cov minyuam noj. Lawv muaj kev zoo siab heev lub sij hawm no.

Everyday the wife would teach the chicks to sing, to love each other, and to get along. Everyday the husband would return with all sorts of delicious food to eat. They were a very happy family.

Muaj ib hnub, ib tug yawg hlawv nws daim teb nyob ze ntawm ob tug noog ntawd lub zes. Cov hluavtaws kub tuaj yuav txog nkawd lub ze. Tus niad txawm hais rau tus txiv tias, "Koj txiv, zaum no hluav taws kub tuaj yuav txog peb, wb cov minyu-am tseem me me tsis tau txawj ya, yog thaum hluav taws kub tuaj txog yuav ua li cas?"

Tus txiv noog teb tias, "Wb yuav nyob nrog lawv, txawm yuav ua li cas los xij."

One day, a farmer burned his rice field near their nest. As the fire crept closer to their nest, the wife said to husband, "Husband, our chicks are still young and cannot fly yet. What will we do when the fire gets here?"

"We will stay here with them no matter what happens," replied the husband.

Tus maum noog zoo siab hlo pw tsuam kiag nws cov minyuam kom tsis txhob kub lawv. Hluav taws kub tuaj txog ntua lub zes noog, tus txiv noog ceeb ces nws ya plaws dua nruab ntug lawm. Cov niam tub noog kub nyhiab tuag tas nrog lub zes.

When the fire reached the nest, the wife happily laid over their children and covered them with her wings so the fire would not burn them.

The husband however, panicked and flew up to the sky leaving his wife and their chicks to die in the fire.

Tus txiv noog ya nto ntuj plaws nws mam xav txog cov lus uas nws tau cog tseg rau nws pojniam. Tus txiv noog mam ya rwg ntxiag rov los rau hauv lubzes noog thiab nrog nws cov niamtub tuag uake lawm. Tabsis lig hwv lawm cov niam tub tsis paub tias nws rov los tuag nrog lawv.

Safely above the fire, the husband remembered his promise to his wife. He flew back to the nest to die with his family, but it was too late. They had already died and did not know that he had returned to die with them.

Tiam tom ntej, tus maum noog los yug ua Huabtais ntxhais nkauj ntxawm. Nws tseem nco qab tiam tas los uas nws tus txiv tsis ua li nws cov lus cog tseg.

Huabtais ntxhais txawm cog lus rau nws tus kheej tias yuav tsis nrog txiv neej hais lus, txawm yog nws txiv yug nws kiag los yeej yuav tsis nrog hais lus.

In their next life, the wife was reborn as the only daughter of the king. She still remembered that in her past life her husband did not keep his promise to her. She vowed to never speak to any man, including her own father.

Hos tus txiv noog ces los yug ua ob niam txiv txom txom nyem tus tub. Lawv nyob ib lub tsev nruab khaub khaub hlab puag tim ib lub roob.

Txij thaum yau los nws tsuas paub nrog niam thiab txiv niaj hnub mus ua liaj ua teb xwb.

The husband was reborn to a poor farmer and his wife, who live in an old bamboo house in the mountain.

Since he was a young boy all he knew was how to farm with his parents.

Thaum nws loj tiav nraug nws niam thiab nws txiv txawm tuag tas lawm cia nws ib leeg nyob ua ntsuag. Nws haj yaj txom nyem dua qub thiab khaub hlab dua qub vim tsis muaj leej twg pab nws lawm.

Txawm li ntawd los nws yeej rau siab ntso ua liaj uateb tsis so.

When he was a teenager, his parents past away and he became an orphan. He had to look after himself and was even more poor and more ragged than before because there was no one to help him.

Despite all this, he diligently kept up the farm as best he could.

Muaj ib hnub, huabtais txawm hais rau nws tus ntxhais tias, "Mintxawm, kuv laus laus lawm, kuv yuav tsis kav koj cia kuv kom tub mab tub qhe mus tshaj tawm rau txhua tus txiv neej hauv peb lub teb-chaws no tuaj nrog koj hais lus. Yog koj teb tus twg ces tus ntxawd yuav tau koj ua nws pojniam."

One day, the king said to his daughter, "My dear daughter, I am getting old now and will not live much longer. I am going to send word to every man in the kingdom to come and speak to you. Whoever you speak back to, will take you as his wife."

Huabtais thiaj kom tubmab tubqhe mus tshaj tawm rau pejxeem huabhwm txhua tus txivneej thoob tebchaws kom tuaj nrog Huabtais tus ntxhais Ntxawm hais lus. Yog nws tus ntxhais teb leej twg ces leej twg tau nws tus ntxhais ua pojniam.

The king told his servants to announce to all the men in the kingdom to come and speak to his daughter Yer. Whoever the king's daughter spoke back to, will get her hand in marriage.

Ces tej txivneej txawm tuaj tas teb tas chaw tuaj nrog Ntxawm hais lus. Tej tub nom tub tsw, tej tub ntxawj tub ntse, tej tub lag tub laum tuaj txhij tuaj txhua tabsis Ntxawm yeej tsis teb leej twg ib los li.

All the men from all over the kingdom including princes, scholars, and wealthy merchants all came to speak with the Princess, but she did not speak to any of them.

Yawg Huabtais chim siab heev, nws hais tias, "Kuv yug tau tus ntxhais zoo nkauj npaum li no es txawm yuav tsis muaj txiv yuav li. Zaum no ces kuv lub koob lub npe yuav puas tag mus, txawm kuv ua ib tug huabtais los tsis muaj nujnqis dabtsi."

The king became very angry. He said, "I have such a beautiful daughter, but she has no one to marry. Now my reputation will be ruined and people will speak ill of me. Even though I may be king I'm of no value."

Muaj ib tug qhe mam hais rau huabtais tias, "Txiav huabtais, txhob rawm tas kev ciasiab tseem tshuav ib niag tub ntsuag txom txom nyem khaub khaub hlab nyob puag tim roob tid, seb puas lam mus hu niag ntawd tuaj xwb lasas."

Huabtais teb tias, "Kavtsij mus hu tuaj tamsim no lasmas."

One servant came to the king and said, "Your Highness, do not lose hope yet. There is still one very poor orphan farmer who lives way over that big mountain which we have not called upon yet."

"Then go get him now!" Yelled the king.

Ces huabtais ob niag qhev thiaj li taug kev mus dua pem ntsuag tsev lawm. Nkawd tshai tsam ntsuag tsis tuaj vim ntsuag yuav mus uateb. Yog li nkawd thiaj ris ob kawm nplej mus rau ntsuag kom ntsuag thiaj kam nrog nkawd tuaj.

So the king's two servants went to the poor farmer's home. They were afraid the poor farmer would not come because he had to tend to his field.

They brought two baskets of rice for him so that he would be willing to go with them.

Thaum nkawd mus txog, nkawd txawm piav rau ntsuag tias huabtais ntxhais ntxawm tsis nrog txivneej hais lus puag thaum yug los lawm. Yog koj mus hais lus rau nws es nws teb koj ces huabtais yuav muab ntxhais ntxawm rau koj yuav, tej txiv neej thoob tebchaws puav leej tuaj tas lawm tsuav koj xwb.

When they got to the orphan boy's house, they explained to him, "The Princess has not spoken to any man since she was born. If you go and talk to her, and if she talks back to you, the king will make her your wife. All the men in the kingdom had already come, you are the only one left."

Ntsuag txawm nrog nkawd tuaj. Ntsuag pheej xav tsis thoob tias yog nws tsis nrog txivneej hais lus ces yog nws ntxub thiab chim rau txivneej heev kawg li, ntshe lam yog kuv tus pojniam tiam tas los i paub? Es thiaj li chim ua luaj li.

The orphan boy went with the servants. He thought and thought and wondered who this princess was that she could be so angry as to not speak to any man. She must really hate men. I wonder if she's my wife from my past life.

Ntsuag tuaj txog Ntsuag hais li cas los Ntxawm tsis teb. Ntsuag thiaj hais rau Ntxawm tias, "Kuv paub tias koj twb tsis teb leej twg li ces koj yeej yuav tsis teb kuv ib yam thiab tabsis, cia kuv hais ib zaj dabneeg luv luv rau koj mloog tso kuv mam rov mus tsev."

When he got there, he spoke with Princess Yer and no matter what he said she would not answer.

Then he said to Yer, "I know that you did not talk to the others so you will not talk to me as well. But before I go home, I want to tell you a short story."

Ntsuag txawm pib piav tias, thaud, muaj ob niam txiv noog nrog nkawd plaubtug minyuam nyob hauv lub zes. Muaj ib hnub suav hlawv teb tuaj yuav txog lawv lub zes. Tus txiv hais rau tus niad tias, "Koj niam, zaum no hluav taws kub tuaj yuav txog wb lub ze lawm yuav ua cas."

Tus niad teb tias, "Tsis txhob ntshai, koj txiv, ciaj tuag los wb yuav nrog wb cov minyuam. Thaum nplaim taws kub tuaj txais nkaus taus lub zes, ces tus maum noog txawm ya plog rau nruab ntug lawm es cia cov txivtub kubnyhiab tuag tas nrog lub ze noog.

The orphan boy began his story. A long time ago, there was a bird couple who lived with their four chicks in a nest. One day a farmer burned his crop and the fire spread toward the nest. The husband said to his wife, "Wife, the fire is getting closer now, what will we do?"

The wife replied, "Do not worry husband, whether in life or in death we will be with our chicks."

When the nest caught fire, the wife flew away leaving the husband and their four chicks to die in the fire."

Ntxawm teb tawg ntho tias, koj yog tus yas khiav mus lawm es cia peb cov niamtub kub nyhiab tuag tas, koj tsis nco qab koj cov lus cog tseg rau kuv lawm.

Ntsuag thiaj teb Ntxawm tias thaum hluav taws kub tuaj txog kuv ceeb thiab tau ya mus lawm tabsis kuv nco txog cov lus cog tseg rau koj, kuv twb ya rov los rau hauv lub zes thiab nrog nej cov niamtub tuag uake lawm.

Yer shouted, "It was you! You were the one who left us. How dare you say it was me! You made a promise, and you didn't keep it!"

The orphan boy explained to Yer, "When the fire came, I panicked and flew away, but I remembered my promise, and I flew back to the nest to die with you and our children."

Huabtais hnov Ntxawm hais lus teb ntsuag huabtais zoo siab heev huabtais npuajtes ntaugtaw tias, zaum no kuv tus ntxhais hais lus rau txivneej lawm tiag lauj.

Huabtais hais tias, tub mab tub qhe aw kav tsij mus npaj tsoob npaj kos kom loj heev. Hu kom tag kuv tej pejxeem huabhwm tuaj kom txhij kom txhua, peb yuav noj tshoob xya hnub xya hmo.

The king heard his daughter speak to the orphan boy. He stomped his feet and jumped with joy that his daughter has finally spoken to a man.

The king ordered his servants to go and prepare for the big wedding. He told them, "Go invite all the people in my kingdom. We will have a grand wedding for seven days and seven nights."

Zaum no huabtais ntxhais ntxawm noj tshoob nojkos, hausdej hauscawv, pejxeem huabhwm qabteb qaumteb tuaj txhij tuaj txhua,

Huabtais hu tus uas txawj tshuab qeej xa tshoob Nujsisloob nyob ntuj sua teb tom taug tuaj tshuab qeej xa tsoob, sawv daws noj tshoob xya hnub xya hmo

The King had a festive wedding for his daughter. All the people from every corner of his kingdom came.

The King invited the best qeej performer Nujsisloob from a far away kingdom to play qeej at the wedding. They celebrated for seven days and seven nights.

Noj tshoob noj kos tas. Huabtais muab nyuj muab nees, muab tubmab tubqhe, muab nyiaj muab kub muab ib feem plaub liaj ia tebchaw tuam rau huabtais ntxhais ntxawm thiab txiv nraug ntsuag nkawd coj mus pib nkawd lub neej.

At the end of the wedding, the King gave Yer and her husband many horses, cows, servants, gold, silver and land equal to a quarter of his kingdom to start their life together.

Vim nkawd lub neej thaum nkawd ua minoog luv dhau hwv lawm, lub neej tam sim no thiab pub nkawd rov muaj txoj kev sib hlub dua ib zaug ntxiv.

Nkawd tsua nco qab nkawd lub neej thaum ua minoog nyob puag tim roob nqeeb xwb, nkawd tsis nco qab lub neej uas niaj hnub sib ceg lawm.

Tau ob peb xyoos xwb nkawd twb rov muaj plaub tug minyuam li qub lawm. Zaum no nkawd lub neej puv npo thiab kajsiab lug mus tas ib txhi.

Because their life as birds ended so quickly, this life allowed them a second chance to continue the love they had for each other.

They only remembered the life when they became birds. They didn't remember the life before that when they argued all the time.

Within a few years, they were blessed with four children. Now their lives will be complete and full of love, joy and happiness forever.

www.ingramcontent.com/pod-product-compliance
Lightning Source LLC
Chambersburg PA
CBHW051928220626
47052CB00003B/620